Crónicas del

Vampiro Valentín

Título original: *A maldição da estrela morta*

Primera edición: marzo de 2012

© Texto: Álvaro Magalhães
© Ilustraciones: Carlos J. Campos
© Edición original: Edições ASA II, S.A., Portugal, 2010

© de la traducción: Juanjo Berdullas
© de esta edición: Libros del Atril S.L.,
Av. Marquès de l'Argentera, 17, Pral.
08003 Barcelona
www.piruetaeditorial.com

Impreso por Liberduplex, s.l.u.
ISBN: 978-84-15235-32-3
Depósito legal: B-5135-2012

Álvaro Magalhães

Crónicas del Vampiro Valentín

Libro 6

La maldición de la estrella muerta

Sobre esta piedra levantaré un mundo nuevo

Ilustraciones de Carlos J. Campos

pirueta

El abuelo

El padre

La madre

Valentín

Dientecilla

SINF
SINF

Milhombres

Madroño

CAPÍTULO I

ALEJO EL FLORISTA

Valentín pasó la noche junto a la ventana, mirando las estrellas. Su corazón no se relajaba y no le dejaba dormir. Estaba impaciente por ver al tal Alejo, el florista que lo ayudaría a llegar al Mundo de Allá.

Escuchó la previsión del tiempo en la televisión:

> MAÑANA, CIELO MUY NUBLADO
> Y CHUBASCOS INTERMITENTES.

Y así fue. Amaneció y casi ni se notó. Era un día de aquellos, un magnífico día ceniciento. La llovizna se mecía en el aire antes de caer.

En un día así, podía salir a buscar a ese tal Alejo. Y tenía prisa por llegar...

Dientecilla intentó que se interesara por la investigación del almacén misterioso, donde Celeste desaparecía, pero no quiso ni oírla y salió de casa canturreando, muy animado.

> MAÑANA CENICIENTA, SIN LUZ,
> ME HACE CANTAR: OLÉ, OLÁ.
> QUÉ BELLO DÍA HORRIBLE HACE HOY.

Había poca gente en la calle. No llovía, pero los transeúntes abrían los paraguas por el polvo negro que caía. También caían piedras, tornillos, trozos de metal y otras cosas. El cielo que los protegía ahora los amenazaba.

Valentín llegó muy temprano a la plaza de las Flores y pronto localizó la tienda Alejo Florista. Estaba aún cerrada, con la persiana bajada. Esperó bajo un soportal cercano, mientras apretaba la piedra de Diana en el bolsillo para que le diera suerte.

Poco antes de las nueve, vio llegar a un hombre de mediana edad. Iba acompañado de un perro viejo. Se dispuso a abrir la puerta de la tienda. Valentín se acercó y el perro ladró dos veces para avisar al hombre, que casi ni reaccionó.

> DISCULPE.
> ¿ES USTED POR CASUALIDAD EL SEÑOR ALEJO?

El hombre asintió con la cabeza, sin mirar a Valentín. Era un tipo delgado, con la mirada lánguida, perdida en el infinito.

—Buenos días. Soy Valentín.

—Muy bien —respondió el hombre, desinteresado.

—Le traigo unos chorizos asados, sin ajo, recién hechos. Se los envía Celeste.

El hombre se animó.

—AH, CHORIZOS DE CELESTE...

—murmuró, con los ojos cerrados, como si ya estuviera saboreándolos.

En realidad, hasta parecía estar menos pálido y tener mejor color .

Valentín le entregó la fiambrera de plástico con los chorizos y el perro saltó para cogerla, pero le faltó agilidad.

—Calma, ya llegará tu momento
—dijo el florista acariciando el **«TESORO»**.

Valentín aprovechó y le dijo:

—Celeste me ha dicho que usted me podría ayudar.

—No me trates de usted, llámame Alejo —dijo el hombre—. Así ya está bien. Y ahora entra. ¿Qué problema tienes? Si eres amigo de Celeste, te ayudaré.

—Gracias —dijo Valentín, agradecido, entrando en la tienda.

Le asaltaron muchos perfumes extraños, exóticos, delicados y se sintió aturdido.

—No, pero *Psi* me lo ha advertido —explicó Alejo.

—¿*Psi*? —preguntó Valentín mirando a su alrededor.

—El perro. El perro me lo ha advertido ladrando de esa manera. Está entrenado para eso.

Valentín acarició el pelo hirsuto y áspero de *Psi*, que gruñó bajito, orgulloso.

—*Psi* es un perro psíquico —explicó Alejo—. Presiente cosas y todo eso. Digamos que es un **PERRO PARANⓄRMAL**. Una vez, me salvó la vida. Estaba apoyado en un árbol y él se puso a ladrar. Me aparté y, un minuto después, ni siquiera un minuto después, un coche perdió el control y chocó contra ese árbol.

—¿Y cómo sabe qué soy? —quiso saber Valentín.

—No lo sé. Creo que es el olor —respondió Alejo, que añadió sonriendo—: Además, tengo un espejo en el techo. No te reflejas en él.

Entretanto, en casa, Milhombres y Madroño acababan de trazar otro plan de caza. Si querían atrapar al gato del collar dorado, más les valía volver a la idea del cebo, o sea, de los chorizos sin ajo recién hechos.

Madroño se ocupó de esa parte, en la cocina, canturreando **«CHORIZOS SIN AJO / EN UN MINUTO DE TRABAJO / LA COCINA BOCA ABAJO»**, mientras, en el salón, Milhombres preparaba la trampa para atrapar al gato-vampiro: una caja de madera con una tapa móvil, que caería en cuanto el gato entrara en busca del cebo.

Cuando los chorizos estuvieron listos, ambos probaron de nuevo la trampa: funcionaba a la perfección. Después, se enfundaron unos monos de jardinero con tirantes. Era el disfraz para la nueva operación.

—La idea del gato-vampiro me da escalofríos —dijo Madroño—. Esta noche he soñado con un hipopótamo-vampiro. Iba cruzando el Duero y...

—En el río Duero no hay hipopótamos y mucho menos hipopótamos-vampiros... —le corrigió Milhombres.

¡Lo que había dicho!

—¿Lo ha dicho, profesor? —se quejó Madroño.

Gloria, la vecina de abajo, que quería pintarle un retrato (y cualquiera sabe qué más), apareció al instante.

¿ME HA LLAMADO, PROFESOR? VOY PARA ALLÁ, VOY PARA ALLÁ...

—¡DEPRISA! ¡POR LAS ESCALERAS TRASERAS! —ordenó Milhombres, bajito, para que no lo oyera.

Cogieron la trampa y las herramientas de jardinero, y salieron de puntillas por las escaleras de incendio, en la parte trasera del edificio.

Ya en la calle, le cayó a Milhombres la cáscara de una tajada de melón en la cabeza.

¡SPLASH!

Caían cosas raras del cielo: piedrecillas oscuras, tornillos y tuercas... pero ¿pedazos de cáscara de melón?

—Venía del último piso —dijo Madroño—. Ha sido el operario de mudanzas que está en el balcón. Creo que alguien se está mudando al piso.

¡DEMONIOS! SE ACABÓ LA TRANQUILIDAD DEL PISO DE ARRIBA. ¡COMO SI NO BASTARA CON LA VECINA DE ABAJO!

Madroño abrió un paraguas con el
que se cubrieron los dos mientras avanzaban
calle arriba. Madroño estaba
de muy buen ánimo y canturreaba.

LLUEVEN TUERCAS Y TORNILLOS,
HASTA CÁSCARAS DE MELÓN.
LLUEVEN PIEDRAS PEQUEÑITAS,
ACABAREMOS CON UN CHICHÓN.

CAPÍTULO II

NOTICIAS DEL MUNDO DE ALLÁ

En la floristería, los ojos de Valentín se posaron en el espejo del techo. No se reflejaba en él.

—No te preocupes —dijo Alejo—. No hay nada de malo en eso, en ser como eres. Estar vivo es especial, un milagro extraordinario; pero estar vivo después de muerto aún lo es más.

Valentín miró más atentamente el espejo. Era cierto: no estaba su reflejo, pero, por cierto, tampoco el de Alejo, solo el del perro *Psi*.

—Tampoco lo veo a usted... —observó Valentín.

—Puede ser —rio Alejo, mientras regaba las flores con agua fresca.

—Entonces usted... digo... Alejo, ¿también eres como yo? —preguntó Valentín sorprendido.

El hombre rio con ganas por primera vez.

¿AHORA TE DAS CUENTA DE ESO, MUCHACHO? ENTONCES HACE POCO QUE LLEVAS ESTA NUEVA VIDA...

DOS AÑOS Y PICO, PERO HEMOS ESTADO ESCONDIDOS TODO ESTE TIEMPO. ¿Y CÓMO ABRE USTED…, DIGO, CÓMO ABRES LA TIENDA DE DÍA, ALEJO? ¿EL SOL NO TE HACE DAÑO?

¿NO LA CONOCES?

CREMA DE DÍA

—¡Ah! —exclamó Valentín—. Conocí a una muchacha que la usaba…

—Es un gran invento —comentó el florista—. Pero, aun así, la luz del día nos hace mucho daño. Con el tiempo, lo hemos averiguado.

El perro *Psi* ladró de un modo especial y Alejo agradeció la información y fue a buscar un vaso de agua.

—Es hora de tomar mi medicación —explicó.

—Aquellos dos se entendían bien. Y *Psi* era, de hecho, un perro especial. Pero Valentín estaba más interesado en otras cosas.

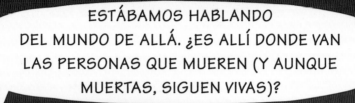

Paseándose entre las flores, Alejo se puso a cantar:

¿DÓNDE VAN LOS QUE MUEREN
(Y AUNQUE MUERTOS, VIVOS SIGUEN)?
QUIENES DICEN QUE AL CIELO, MIENTEN
QUIENES DICEN QUE AL INFIERNO, ENGAÑAN
QUIENES DICEN QUE A NINGUNA PARTE,
NO ES QUE MIENTAN, ES QUE FALLAN.

LA VERDAD ES QUE SI MUEREN
(Y AUNQUE LOS MUERTOS VIVOS SIGUEN)
BAJO LA TIERRA SE ENCUENTRAN.

EN ESA OTRA CIUDAD
HAY GRANDES COSAS QUE VER
Y OTRA VIDA QUE VIVIR.
LA VERDAD ES QUE
BAJO LA CIUDAD HAY OTRA CIUDAD
BAJO LA VIDA, ELLOS VIVEN
Y SI QUIERES VERLOS, LOS VERÁS.

Valentín, que estaba ansioso, interrumpió la canción:

—¿Bajo tierra hay otra ciudad?

—Puedes creerme, muchacho.

Aquí debajo de nuestros pies,

ESTÁN PASANDO MUCHAS COSAS.

Psi volvió a ladrar, esta vez de un modo prolongado. Parecía pedir algo.

—¿Qué quiere ahora? —preguntó Valentín.

—Dice que es la hora del almuerzo —explicó Alejo—. Pero solo para su barriga. Y quizá para la mía también. Según el reloj, no. No siempre el reloj de la pared y el de nuestra barriga marcan la misma hora. ¿Y la tuya? ¿Quieres unirte a nosotros?

Valentín dijo que sí con la cabeza para complacerlo y Alejo se decidió:

—Bueno, vamos a por ellos. Cualquier momento es bueno para comerse un chorizo asado de Celeste —dijo, al fin, y añadió—: Cuando es así, es porque es así.

El florista cerró la puerta de la tienda por dentro, puso el letrero de **AHORA VUELVO** y los dos pasaron a un salón pequeño, donde había una mesa. Allí se comieron los chorizos, entre plantas y flores de todos los colores.

—¿Es grande el Mundo de Allá? —preguntó Valentín, que no quería comer, sino saber, saber.

—No puedes ni imaginarte lo grande que es —respondió Alejo—, es casi como el mundo entero. Puedes recorrer el mundo, siempre bajo tierra. Coges un tren a Madrid y allí hay otra ciudad, otra Madrid bajo tierra. Y si coges un tren a Londres, Ámsterdam, Múnich o Moscú, encontrarás debajo otras ciudades. No hay un mundo, sino dos, el de arriba y el de abajo, el de Acá y el de Allá.

Valentín se quedó boquiabierto:

Los chorizos fueron desapareciendo, también con la ayuda del perro *Psi*.

—¿Y cómo se llega? —preguntó Valentín—. Celeste me dijo que podrías ayudarme.

—Es fácil. Basta con saber el camino.

—¿Y lo sabes?

¿ESE ES TU PROBLEMA?
¿Y QUÉ QUIERES DEL MUNDO
DE ALLÁ, Y MÁS AHORA
QUE ESTÁN PASANDO COSAS
GRAVÍSIMAS?

Valentín se levantó de la mesa y aspiró el olor de un ramo de rosas. Después dijo:

> BUSCO A UNA MUCHACHA. CREO QUE NO ES DE AQUÍ. ESTÁBAMOS HABLANDO Y UNA MUJER SE LA LLEVÓ Y NO LA HE VUELTO A VER.

—Es *el Amor* ¿no? —comentó Alejo, mientras se servía el último chorizo.

—Sí, es el amor, ¿qué puedo hacer contra eso? —respondió Valentín, mientras mostraba a Alejo el recorte de periódico con la fotografía de Diana.

...ana Rodrigues ...

fallecida el 25 de Junio de 200...

—Es guapa —dijo el florista sin parar de masticar—. Hay que dar la vuelta a varios mundos para encontrar una muchacha tan linda. No me extraña que estés enamorado de ella.

Psi soltó un aullido largo y emocionado, como si también recordara todos los amores de su larga vida perruna.

AUUUUUUUUUUU

—Sí, sí, *Psi*, ya me has contado esa historia —dijo Alejo—. Estás siempre ladrándola. Es verdad, tienes razón: *el Amor* a veces, te vuelve loco, pero quien no lo conoce está tan vivo como un muerto.

—Así me siento yo: **VIVO** y también **MUERTO** de ganas por encontrarla —dijo Valentín.

—SÉ LO QUE ES ESO —dijo Alejo, saboreando el último trozo de chorizo.

YO TAMBIÉN ME ENAMORÉ, PERO DE UNA HUMANA, UNA MORTAL. ERA MÁS JOVEN QUE YO, PERO CUANDO NOS DIMOS CUENTA, ERA MAYOR Y POCO DESPUÉS MURIÓ. Y YO SIEMPRE AQUÍ.

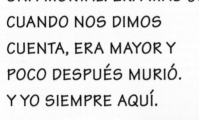

POR ESO, TIENES SUERTE DE QUE ESA MUCHACHA SEA COMO TÚ. VUESTRO AMOR NUNCA TENDRÁ FIN. Y CUANDO ES ASÍ, ES PORQUE ES ASÍ.

Cuando acabaron de almorzar, volvieron a la tienda, que abrió nuevamente.

CAPÍTULO III

DIENTECILLA ATACA DE NUEVO

En casa, Dientecilla, o mejor dicho, la detective Dientecilla, escondida debajo de la escalera, vigilaba los movimientos de Celeste, después de haberle dicho que se iba a dormir. La vio pasar camino del sótano, con una bandeja repleta de chorizos.

La siguió de puntillas y la vio entrar en el almacén misterioso. Sin embargo, cuando 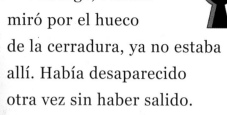 miró por el hueco de la cerradura, ya no estaba allí. Había desaparecido otra vez sin haber salido.

La joven detective giró el pomo de la puerta. Esta vez, la llave no estaba echada. ¡Había tenido mucha suerte! ¿O no tanta? (Ya lo veremos.) El almacén estaba realmente vacío y no había rastro de Celeste. Había desaparecido de nuevo.

La detective Dientecilla palpó y empujó cada trozo de la pared, que no cedió, dura e intraspasable, sin **PASADIZOS SECRETOS DISIMULADOS**. Solo un fantasma podía atravesar una pared como aquella. Aun así, la detective Dientecilla insistió y lo removió todo en busca de una abertura. No encontró nada. Sin embargo, al mover un viejo candelabro, el suelo empezó a temblar.

Luego, aquel trozo de suelo empezó a bajar. ¿La tierra se movía hacia abajo? ¿O sería solo aquel almacén? En realidad, era un ascensor, bien disimulado y silencioso. O sea, Celeste no desaparecía, apretaba donde debía y el almacén, que era un ascensor, bajaba o subía. Eso era.

Sin embargo, no bajó mucho. Pronto, el suelo y el techo del almacén se pararon y, ahora, delante de Dientecilla había otra puerta. ¿Qué habría detrás de ella? Allí parada, pensando qué debía hacer, Dientecilla se acordó de la canción de la caja de música:

«Para llegar al Mundo de Allá basta abrir una puerta».

«¿Sería aquella? —se preguntó—. O sería solo la puerta de otra casa dentro de la propia casa, una zona secreta que nadie conocía.»

Dientecilla no habría hecho aquello, pero la detective Dientecilla dio un paso al frente y abrió la puerta. Entró en un salón amplio y cómodo. Había sofás, una mesa de comedor y una zona de trabajo, con un escritorio, que era una confusión de libros, expedientes, periódicos viejos, DVD y libros y más libros.

Sobre esta piedra levantaré un mundo nuevo

Algo estaba claro: allí vivía alguien, o la casa no estaría tan desordenada. Olía a aire respirado, luces encendidas, tanto en aquella sala como en la de al lado. En una de las paredes había un calendario lunar; en otra, un mapa estelar; y en otra, un retrato muy antiguo de un tal Claudio Pipistrello, que sostenía una piedra negra en la mano.

Dientecilla se acercó al retrato y leyó la leyenda escrita en la parte inferior:

«Sobre esta piedra levantaré un mundo nuevo».

Alrededor del retrato había flores, como si se tratara de un altar.

Sobre esta piedra levantaré un mundo nuevo

¿Quién era el tal Pipistrello? ¿Sería suya aquella casa subterránea? ¿O de sus descendientes? ¿O sería la casa del Hombre-Rata? No había creído la historia de Celeste, pero...

Se le heló la sangre en las venas con esos pensamientos, pero aún más cuando se dio cuenta de que debía haber alguien en la otra sala o no se reflejaría en la pared aquella sombra. Era la sombra de un hombre. ¿O sería la sombra de un Hombre-Rata?

Por si acaso, la detective Dientecilla dio por acabada la investigación y empezó a retroceder, sin apartar la vista de la sombra, que creció de manera repentina.

SOY YO, NO TENGAS MIEDO.

Dientecilla suspiró aliviada y se alegró, pues aquella voz era la de Celeste.

Avanzó y la encontró en la otra sala, donde había una mesa de comedor. Estaba allí, de pie, delante de una bandeja de chorizos vacía.

CON UNA NIÑA COMO TÚ CERCA, NO DEBERÍA HABERME OLVIDADO DE CERRAR LA PUERTA DEL ALMACÉN.

—Es un ascensor, eso era. Así que polvo para desaparecer... —dijo Dientecilla.

¿QUÉ PODÍA HACER? NO PODÍA DECIRTE TODA LA VERDAD; ESTO ES UN SECRETO MUY IMPORTANTE.

YA LO VEO.

—¡Sí, señora! ¿Y ese ascensor solo baja? ¿No sube? —preguntó.

—Claro que sube, o no podríamos salir de aquí —respondió Celeste, que se sentía aún mal por su descuido.

¿Y DE QUIÉN ES ESTO?

ES LA CASA SECRETA DEL SEÑOR PIÑERO. ES ASÍ. YA TE LO DIJE. ESO ERA VERDAD.

—¿El bisabuelo? El señor Piñero era mi bisabuelo...

—Ya lo sé... Siempre lo he sabido, pero no estaba autorizada a decírtelo —confesó Celeste.

—No pasa nada, ya encontraré yo la manera de averiguarlo. ¿Has oído hablar de la detective Dientecilla?

—Creo que la estoy viendo en acción —respondió Celeste. Y siguió—: Pues bien, este era el sitio donde el señor Piñero, tu bisabuelo, se encerraba a trabajar sin que lo molestaran. Ahora es el refugio de su alma.

—Y de *Obama*, claro —dijo Dientecilla—. Ya me parecía a mí que tenía una casa.

—Bueno, lo mejor es que nos vayamos —dijo Celeste empujando a Dientecilla hacia la salida.

Salieron y subieron al ascensor-almacén (¿o sería un almacén-ascensor?). Durante el viaje, breve, Dientecilla prometió guardar el secreto y no contárselo a nadie.

Cuando salieron, en el sótano, la mujer cerró la puerta y después se guardó la llave en el delantal.

¿Y QUIÉN ES EL DEL RETRATO, EL TAL PIPISTRELLO, O ALGO ASÍ, QUE LLEVABA UNA PIEDRA EN LA MANO?

DE ESO NO SÉ NADA. NI LA VERDAD, NI LA MENTIRA.

Sonó dos veces el timbre de la puerta y Celeste fue a la cocina para dejar allí la bandeja vacía. También se quitó el delantal, que dejó en un colgador.

—¡Ya voy, ya voy!

—Yo me voy a mi cuarto —dijo Dientecilla, que, en lugar de eso, subió las escaleras en dirección a la cocina sin que nadie la viera.

Ay, detective Dientecilla, ¿qué vas a hacer?

CAPÍTULO IV
OPERACIÓN
¡AQUÍ HAY GATO!

Celeste fue a abrir la puerta y se topó con
Milhombres y Madroño, ambos vestidos con sus
uniformes de jardinero.

—Vale, barran las hojas y no se olviden de podar el seto —dijo Celeste.

Avanzaron en dirección al jardín y por poco no se cruzaron con el padre y la madre, que bajaban las escaleras. Milhombres ni reparó en ellos. A Madroño le pareció que los conocía, pero no sabía de dónde.

—HE VISTO ESAS CARAS EN ALGUNA PARTE —dijo cuando llegaron al jardín.

—SON CARAS CORRIENTES, COMO TODAS LAS DEMÁS —dijo Milhombres—. CÁLLESE Y AYÚDEME A MONTAR LA TRAMPA PARA EL GATO.

Montaron la trampa y la colocaron cerca de la gatera del sótano.

—Vale, ¿y qué hago ahora? —quiso saber Madroño.

—Ahora barra las hojas y pode el seto —ordenó Milhombres.

—No tengo ni idea de podar setos —protestó Madroño—. Esto no es fácil. Un día somos trabajadores de la limpieza, otro somos sin-techo, y al día siguiente jardineros. Ya no sé ni qué soy.

—¡ES LO QUE TIENE QUE SER! ¡YO TAMBIÉN LO SOY!

—gritó Milhombres.

Se callaron y se pusieron a barrer las hojas,
espalda contra espalda. Hasta que,
por fin, el cebo funcionó, pues el gato
negro con el collar dorado apareció
y husmeó la gatera del sótano.
Aunque no acababa de acercarse.

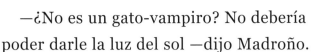

—¿No es un gato-vampiro? No debería
poder darle la luz del sol —dijo Madroño.

El sol no era fuerte, al contrario;
pero era de día.

Milhombres se dio una palmada
en la cabeza, diciendo:

—¿Cómo he podido olvidarme
de eso?

—Así es, aunque yo me he acordado —dijo Madroño, con orgullo—. ¿Y sabe qué le digo, profesor? Deberíamos haber venido de noche.

—No diga tonterías. Los jardineros no van a las casas de noche.

—Pues nos disfrazamos de guardas nocturnos. Creo que eso se me daría mejor.

LOS GUARDAS NOCTURNOS NO ENTRAN EN LAS CASAS DE LA GENTE. ¿HA PENSADO EN ESO? ENTONCES, CÁLLESE Y NO PIERDA DE VISTA AL GATO Y AL CHORIZO. CUANDO ENTRE...

YA SÉ, TIRO DE LA CUERDA PARA QUE BAJE LA TAPA.

Pero el gato no vino. Porque era de día o por alguna otra razón que solo él conocía.

—Entre en el sótano y lleve la trampa —ordenó Milhombres—. Yo voy detrás.

—Si es que cabe —dijo riéndose Madroño.

La gatera era ancha y Madroño entró fácilmente con la trampa.

—Puede entrar, profesor. No hay problema —dijo una vez estuvo dentro.

Milhombres se puso de lado y entró, aunque le costó. Se atascó a la altura de la barriga.

GGGNNNN NNNNN

—Ahí viene el gato —avisó Madroño, mientras se escondía.

Milhombres se ocultó detrás de unas cajas y Madroño se quedó más cerca, detrás de un baúl, sosteniendo la cuerda de la trampa.

Por fin, *Obama* llegó y olisqueó el aire. Al principio, desconfió, pero el olor de los chorizos lo llevó hasta la trampa. Aun así, se paró a un paso de la puerta.

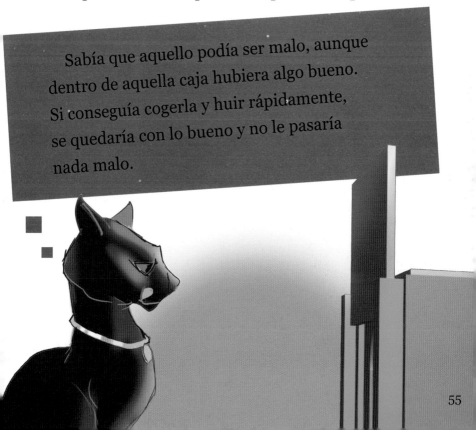

Sabía que aquello podía ser malo, aunque dentro de aquella caja hubiera algo bueno. Si conseguía cogerla y huir rápidamente, se quedaría con lo bueno y no le pasaría nada malo.

No iba bien encaminado, pero solo era un gato hambriento. Así que entró, Madroño tiró de la cuerda y el gato quedó atrapado.

¡CLANK!

—¡Uauuuu! —gritó Milhombres. Y añadió—: Vámonos de aquí. Misión cumplida. Yo saldré primero y usted me pasa la caja con el gato.

—Para entrar voy delante, para salir soy siempre el último... —se quejó Madroño.

Milhombres enfiló la gatera y, aunque no debía haber engordado en tan poco tiempo, esta vez no conseguía pasar la barriga.

—¡Empújeme! —gritó—. ¿No ve que estoy atascado?

El ayudante empujó con todas sus fuerzas, hasta con un palo de madera que había por allí, pero nada. Milhombres ni salía ni entraba. Estaba atascado.

Obama se puso a maullar alto, muy afligido, y Madroño tapó la caja con una manta vieja para amortiguar los maullidos.

¿LO VE? YO DEBÍA HABER IDO DELANTE CON EL GATO. AHORA NO PODRÁ SALIR NADIE.

—¡Haga lo que sea! —ordenó Milhombres.

—Estaba pensando qué podría hacer para que el profesor encoja la barriga... —dijo Madroño—. **UNA PATADA BIEN DADA...**

—**¡QUÍTESE ESO DE LA CABEZA!** —gritó Milhombres.

Madroño seguía pensando.

—Ahí viene alguien —dijo Madroño mirando hacia las escaleras. Pronto rectificó:

—No es una persona, es una luz.

—¿Una luz? —murmuró Milhombres.

—Diablos... No será...

Se agitó, asustado, pero estaba preso y bien preso. No podía huir. Llegó la luz blanquísima, que estaba roja de rabia, el color que tenía cuando estaba enfadada, y fue directa al viejo cazador. Un shock de no sé cuántos voltios y allá que fue a parar al jardín.

¡AHHHH!

—¿No decía yo que un shock le haría encoger la barriga? —dijo Madroño saliendo tras él con *Obama*.

Milhombres estaba, ¿cómo decirlo?, EN ESTADO DE SHOCK.

—Pero mire, profesor. ¡El gato canta, aquí en la trampa! La operación ha sido un éxito —volvió a decir Madroño. Y él:

> SEÑORA, PARTEN TAN TRISTES MIS OJOS, POR VOS, MI BIEN...

Aquello era, tal vez, poesía. Cosas que leía o que incluso puede que no conociera. Esta vez, le había dado por ahí. Madroño lo empujó hacia la salida. Ya habían cumplido la misión. Iban a salir cuando apareció Celeste, que venía de la cocina.

> ¿YA SE VAN?

—HEMOS ACABADO ANTES —respondió Madroño—. ES QUE ES JUEVES.

—¿HAN BARRIDO LAS HOJAS? ¿HAN PODADO EL SETO? —quiso saber ella.

—NO NOS HA DADO TIEMPO —respondió él—. TAL VEZ POR SER JUEVES. MAÑANA EL JARDINERO SE ENCARGARÁ DE ESO.

—ESTA SÍ QUE ES BUENA. ¿NO DECÍAN QUE ÉL NO PODÍA VENIR? —preguntó Celeste.

—SÍ QUE LO HEMOS DICHO, PERO, AL FINAL, PUEDE VENIR. ES QUE MAÑANA ES VIERNES.

Madroño empujó a Milhombres, que seguía recitando versos raros, y salieron de allí. *Obama* maulló muy alto, dentro de la caja, una última vez.

Celeste lo oyó, pero pensó que estaba encerrado en algún armario, como siempre pasaba. Cerró la puerta y preguntó:

¿DÓNDE TE HAS METIDO ESTA VEZ?

Pero el pobre *Obama* ya no le podía responder.

CAPÍTULO V

¿NO HAS OÍDO HABLAR DE PIPISTRELLO?

Salieron a la calle. Madroño transportaba la caja con *Obama* y empujaba a Milhombres, que continuaba recitando versos, o lo que fuera aquello.

Un hombre le preguntó la hora y él respondió riéndose:

QUE TODA LA MENTIRA REPOSARÁ EN EL INFIERNO...

¿QUÉ? VÁYASE POR AHÍ, ANORMAL.

Como el resto de veces que decía cosas raras, su estado fue mejorando y acabó por pasársele. Una de las veces, se acercó a una farola y dijo:

—«YO CANTARÉ DE AMOR TAN DULCEMENTE»...

Eso fue lo último extraño que dijo. Su último delirio. Luego volvió en sí.

—Bienvenido —dijo Madroño—. Tenemos al gato. Ha sido un éxito.

—Pues sí —gruñó Milhombres, tocándose el culo chamuscado—. Aquella casa acabará conmigo.

—Fue del shock. Esta vez dijo cosas extrañas... Parecía poesía...

—Fíjate... poesía... —contestó Milhombres.

—Es verdad. Recitaba algo así como: «ALMA MÍA GENTIL QUE PARTISTE»...

Milhombres, enfadado y avergonzado, gritó:

¡CÁLLESE, DEJE YA ESO!

¿NO VE QUE NO ESTABA EN MI SANO JUICIO?

Caminaron en silencio durante un rato. Solo se oía a *Obama*, que maullaba desesperado. Cayó una lluvia de piedras pequeñas y se refugiaron en una parada de autobús. Madroño se puso a canturrear de nuevo.

¡TEC!
¡TEC!

NO SOLO HAY ESTRELLAS EN EL CIELO, TAMBIÉN HAY PIEDRAS, TUERCAS Y TORNILLOS; Y TODO ESO CAE EN TROMBA; ACABAREMOS CON UN CHICHÓN.

Entretanto, en casa, Dientecilla, la detective Dientecilla, continuaba su investigación.

Poco a poco, bajó las escaleras hasta el sótano. Llevaba la llave del ascensor secreto en la mano. Quería ver la casa del alma con tranquilidad. Si aquella era la casa secreta de su bisabuelo, no tenía nada que temer.

Entró en el almacén y movió el candelabro, como la vez anterior. Después de un par de intentos, el suelo volvió a temblar y se puso en movimiento. Allá iba de nuevo. Solo que esta vez no bajaba, sino que subía.

—¿Adónde voy ahora? —se preguntó ella agarrándose a un estante.

En ese momento, Alejo mostraba a Valentín la sección secreta de la tienda de flores, también en el sótano. Era su despacho de detective, abandonado desde hacía mucho tiempo. Estaba todo cubierto de polvo por la falta de uso. Valentín cogió una tarjeta de visita del escritorio y leyó:

Luis Alejo
Detective privado
Asuntos de Acá y de Allá

Alejo se sentó en el escritorio y levantó una nube de polvo.

—¡Qué buenos tiempos! —dijo—. Andaba siempre de Allá para Acá, de Acá para Allá.

El perro *Psi* ladró tres veces.

YA LO SÉ, AMIGO. PERO HOY NO ME TOMARÉ ESA PASTILLA. ESTOY BIEN.

¿ESTÁS ENFERMO?

El hombre sonrió y dijo:

—Antes de que llegaras, lo estaba. Ahora no. O han sido los chorizos. La verdad es que me siento bien. Creo que puedo abrir de nuevo el despacho para ocuparme solo de tu caso. A ver, cuéntame algo: ¿hay pistas o no?

Alejo volvía a ser el **Detective Alejo**. Valentín aprovechó el momento y dijo:

—La muchacha se olvidó la cartera y dentro había cosas que solo pueden ser del Mundo de Allá: un bote de la crema de día esa, una tarjeta de crédito de un banco que aquí no existe...

—¿El Galacy?

—Sí, sí. Y también una entrada para un concierto de Michael Jackson...

Alejo se levantó de la silla.

—¿Michael Jackson? —preguntó asustado.

—Murió el **25 de junio** —le recordó Valentín—.
El concierto es en un centro que se llama Centro
Pipistrello. ¿Sabe dónde está?

Alejo se rascó la cabeza.

—Centro Pipistrello, Centro Pipistrello. Creo que
lo sé, pero no estoy seguro. Hay tantas cosas que se
llaman Pipistrello. Calles, plazas, centros, cines,
incluso marcas de hamburguesas, detergentes,
coches. Todo es Pipistrello.

—¿Por qué?

—En recuerdo del **GRAN PIPISTRELLO**, el Primero. ¿Nunca has oído hablar de él?

—No —confesó Valentín.

—Diablos, entonces no sabes nada.

El perro *Psi* volvió a ladrar y Alejo lo mandó callar. Después, buscó una fotografía en un cajón, que puso sobre el escritorio. Allí estaba la fotografía que Dientecilla había visto de Claudio Pipistrello, con la piedra en la mano.

—Ahora escucha —dijo Alejo—. Hace muchos años, los primeros vampiros «nada corrientes» (como tú dices), que se despertaron el **25 de junio**, sobrevivieron escondidos bajo tierra.

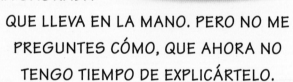

LOS QUE VIVÍAN EN ROMA, EN ITALIA, SE JUNTARON Y SE ORGANIZARON EN LAS CATACUMBAS DE LA CIUDAD, DONDE, EN EL PASADO, SE REFUGIARON LOS PRIMEROS CRISTIANOS. EL LÍDER DE ESA COMUNIDAD ERA ESTE PIPISTRELLO, UN FÍSICO NOTABLE QUE NO PARABA DE INVENTAR COSAS. ÉL DESCUBRIÓ LA ENERGÍA NEGRA, DE LA ESTRELLA MUERTA, A PARTIR DE LA PIEDRA SAGRADA QUE LLEVA EN LA MANO. PERO NO ME PREGUNTES CÓMO, QUE AHORA NO TENGO TIEMPO DE EXPLICÁRTELO.

Valentín se agachó para leer la leyenda de la fotografía.

—Sobre esta piedra levantaré un mundo nuevo —murmuró—. Pero ¿que piedra es esa? Parece una piedra como las demás.

—Lo llaman el
«Libro que se lee con
los ojos cerrados». Y tampoco
me preguntes por qué, ya que solo hablo de oídas.
Solo sé que el viejo Pipistrello cumplió su promesa:
una nueva ciudad nació debajo de la otra. Era el
principio de un mundo nuevo que desde entonces no
ha dejado de crecer. Muchos
después de él ayudaron a
levantarlo, pero él fue

EL PRIMERO

EL FUNDADOR

—Ya veo —dijo Valentín—. Por eso todo se llama Pipistrello allá abajo.

Alejo guardó la fotografía cuidadosamente y después empujó a Valentín.

—¡Vamos, hombre! —dijo—. Quiero enseñarte otra cosa.

Fueron a la parte trasera donde Alejo cultivaba algunas especies de plantas. En la puerta estaba escrito en letras bien grandes:

Pórtate como una flor

Psi ladró con tristeza.

AUUUUUUUUUU

—¡Entra deprisa! —dijo Alejo empujando a Valentín dentro del invernadero.

Entraron los tres rápidamente.

—¿De qué se trata? —preguntó Valentín, que no entendió aquella tristeza.

—Él es el que lo sabe, el perro —respondió Alejo—. Me ha avisado.

Cayó una lluvia de piedrecillas donde estaban antes.

—¿Ves? —dijo Alejo—. Este perro es psíquico, paranormal.

—Ya lo veo, ya —dijo Valentín acariciando a *Psi*—. ¿Qué me quería enseñar?

Por allí solo se veían flores y más flores.

—Ya verás, ya verás —contestó Alejo, mientras buscaba alguna cosa entre los jarrones.

CAPÍTULO VI

LA MALDICIÓN DE LA ESTRELLA MUERTA

El almacén que era un ascensor llevó a Dientecilla al último piso de la casa, a la buhardilla. No era allí donde quería llegar, pero allí había acabado... Abrió la puerta y llegó a una sala amplia con un tejado de cristal que dejaba ver el cielo.

¿Qué era aquello? Parecía un decorado de ciencia-ficción. Había un gran telescopio y otro aparato extraño con forma de flor de pétalos abiertos, también orientado al cielo. En una de las paredes se veían aparatos electrónicos, en la otra, un gran retrato del tal Pipistrello, el fundador del Mundo de Allá. En el centro de la sala había una silla giratoria de cuero negro, que daba la espalda a Dientecilla.

—Buenas noches, ¿hay alguien aquí? —preguntó Dientecilla, con miedo.

No hubo respuesta y ella avanzó en dirección a la silla. Y entonces se oyó una voz serena, de hombre:

Ella dio la vuelta a la silla giratoria, esperando encontrar allí a su bisabuelo, pero la silla estaba vacía.

—Oye, Dientecilla —volvió a hablar la voz—. Hoy puedo hablar contigo, lo que pocas veces es posible. Es muy difícil y cansado para un alma. Pero déjame que te diga algo: mirar a una bisnieta como tú, llena a esta pobre alma de energía. ¿Me oyes bien?

—PERFECTAMENTE —respondió ella—. PERO ¿DÓNDE ESTÁS?

—AQUÍ —respondió la voz.

Y la lucecilla blanca, de un blanco puro, apareció sin haber entrado y flotó en el aire.

Dientecilla se serenó.

—¿Y esto qué es? —preguntó mirando a su alrededor.

—Es un observatorio del cielo, donde siempre pasan cosas, como puedes ver. Vivimos en la tierra y en el cielo. Hay quien piensa que el cielo está solo por encima de nosotros, lejos, pero no, estamos en medio del cielo, formamos parte de él.

«BONITO SERMÓN», pensó Dientecilla, que no esperaba lo que oyó después.

—Bajo esta luz de la estrella muerta puedes crecer.
Dientecilla se alborotó:

¿CRECER? ¿PUEDO CRECER?

—Aquí puedes. En esta sala hay un receptor que
capta todas las partículas de energía de la estrella
muerta que llegan a los alrededores.

—¿Una sala de crecimiento? ¡Qué bien!
—murmuró Dientecilla, alegre.

—Puedes usarla (sin que nadie lo sepa) y crecer.
Pero llegará un momento en que querrás decrecer...

—No, no, eso nunca me pasará —dijo ella, que
luego quiso saber—: ¿Los vampiros crecen? ¿Los
vampiros mueren?

—Sí, pero lentamente, muy lentamente —respondió la voz. Dientecilla dio vueltas alrededor de la sala, encantada.

> AH; CRECER, CRECER,
> QUÉ BUENO ES CRECER,
> Y SABER QUE TAMBIÉN
> YO VOY A CRECER.

Sin embargo, se paró de repente y se vio reflejada en un cristal.

—¡AH! —exclamó.

—¿Qué pasa? —preguntó la voz.

—Me veo en el reflejo del cristal. Se ve mal, pero estoy ahí.

—Bajo esta luz puedes verte.

—¡Ah! —exclamó Dientecilla otra vez.

—¿Qué pasa ahora? —preguntó la voz.

—Creo que estoy creciendo —respondió girando sobre sí misma—. Parece que ya he crecido algo.

Se oyó una carcajada. Dientecilla, a su vez, también se rio con ganas. Quizá era el principio de una buena amistad.

—Sabes, Dientecilla, no hay un Sol, sino dos; pero uno es negro como el carbón e invisible para nuestros ojos —dijo la voz.

Y después añadió:

—De ese Sol negro, de esa estrella muerta, llega la energía que anima a los que murieron (como tú) y siguen vivos. De él procede la energía. Por eso prefieren la noche, por eso les está prohibido el día.

Eso ella ya lo sabía. Pero ¿dos estrellas, un Sol negro que era una estrella muerta que no se podía ver...? Costaba creerlo.

¿PUEDO VER LA ESTRELLA MUERTA CON ESTE TELESCOPIO?

—Nadie puede verla —respondió la voz—. ¿Has visto alguna vez un fantasma o un espíritu? Como mucho, algunas noches, se puede ver su aura. ¿Quieres que te cuente cómo ocurrió todo?

—¿Una historia? Soy toda oídos —dijo Dientecilla instalándose en la silla vacía.

Por la razón que fuera, se sentía bien allí dentro, bajo aquella luz levemente azulada.

Y la voz comenzó a contar la historia:

—EL SOL Y LA ESTRELLA MUERTA ERAN DOS ESTRELLAS HERMANAS QUE VIVÍAN UNA JUNTO A LA OTRA. SE LLEVABAN BIEN, COMO TODAS LAS HERMANAS, Y SE LLEVABAN MAL, COMO TODAS LAS HERMANAS. SE ACERCÓ A ELLAS LA TIERRA, QUE ERA UN PLANETA SIN VIDA, Y SE HICIERON AMIGAS. ¿PARA QUÉ SIRVE UNA ESTRELLA SI NO TIENE AL MENOS UN PLANETA QUE CALENTAR Y LLENAR DE VIDA? SOLO QUE DOS SOLES ERAN DEMASIADOS PARA LA TIERRA. EN ESE TIEMPO, ERA DE DÍA DOS VECES. A UN SOL LE SEGUÍA EL OTRO. TODO LO QUE NACÍA ENSEGUIDA SE SECABA Y MORÍA.

ENTONCES, EL SOL Y SU HERMANA LLEGARON A UN ACUERDO. SE ALTERNABAN, AÑO A AÑO, PARA CALENTAR LA TIERRA. Y ASÍ NACIÓ LA NOCHE Y TAMBIÉN LA VIDA EN LA TIERRA. PERO PASÓ UN AÑO Y PASARON DOS Y EL SOL NUNCA DEJÓ SU LUGAR. Y CUANDO LA HERMANA FUE A RECLAMARLE QUE LO HICIERA, LA QUEMÓ HASTA MATARLA. HAY MUCHAS ESTRELLAS MUERTAS EN EL UNIVERSO, QUE SE VAN DESHACIENDO EN CHOQUES CONSTANTES, YA QUE NO CONSIGUEN MANTENER UNA ÓRBITA. PERO EL CORAZÓN DE AQUELLA ESTRELLA SEGUÍA LATIENDO Y LA ESTRELLA RECORRÍA UNA ÓRBITA EXTRAÑA. ESTABA MUERTA, PERO NO LO ESTABA, O NO VOLVERÍA DE TREINTA EN TREINTA MILLONES DE AÑOS PARA VENGARSE DE LA TIERRA.

NO ES JUSTO, LA TIERRA NO TUVO LA CULPA.

ES CIERTO. PERO LA TIERRA ES EL JARDÍN DEL SOL Y ELLA LO DAÑA PARA VENGARSE. ¿TE HA GUSTADO LA HISTORIA?

Dientecilla se levantó de la silla.

—Me ha encantado. ¿Es cierta?

—Desgraciadamente, sí. Y la estrella muerta está de vuelta.

—¿Y entonces qué pasará? —preguntó.

—No quieras saberlo —respondió la voz—. No quieras saberlo.

Entretanto, en el invernadero del florista, Valentín también iba a asistir a una revelación. Alejo, finalmente, encontró lo que buscaba: un jarrón con una rosa negra.

¡UNA ROSA NEGRA!
NO SABÍA QUE HUBIERA.

AHORA LAS HAY. ESO ES LO MALO.
ES LA SEÑAL DE QUE LA ESTRELLA MUERTA
ESTÁ MÁS CERCA DE LA TIERRA QUE NUNCA.
SU ENERGÍA DEAMBULA POR AQUÍ. LA PRUEBA
ES ESTA ROSA QUE NADIE HA VISTO.

—¿Qué estrella es esa? —preguntó Valentín.

—Es la hermana negra del Sol —explicó Alejo—.

A veces, también la llaman Némesis, la estrella muerta. La rosa es una señal de que está más cerca que nunca, pero hay otras. Seguramente, has oído hablar de las cosas que caen del cielo...

—¿Es por ella?

—Sí, sí, aunque no lo digan en el Telediario. ¿Y las anomalías? ¿Quieres verlas? Un niño nació con **RABO DE CERDO** y tuvieron que cortárselo. Pero cualquiera sabe si no le volverá a crecer...

En un campo nacieron
naranjas azules, en otro, limones
rojos, y, en otro, coles y flores
negras como el carbón.
¿Y qué pasa? «Es la Naturaleza»,
dice la gente. ¿Y el aumento de
los crímenes, los suicidios, las
agresiones, las discusiones,
las alucinaciones, las pesadillas, los ataques de
locura, las visiones? ¿Y los dolores
de cabeza que no se alivian con pastillas?
«Es la Naturaleza, ¿qué se le va a hacer?»,
dice la gente. Yo te digo, muchacho, que es

la maldición de la estrella muerta.

CAPÍTULO VII

¡FELICIDAD,
YO TE DARÉ FELICIDAD!

Entretanto, Milhombres y Madroño llegaban a casa con *Obama* en la caja. A pesar de llevar el culo chamuscado, Milhombres estaba radiante por haber cumplido al fin la misión. Pero lo esperaba otra alegría mayor, tal vez la mayor de su vida.

—¡Papá! ¡Has vuelto! —exclamó al ver el retrato de su padre.

Sí, era verdad. Allí estaba, el señor Milhombres, impasible en su retrato. Había vuelto.

—Sí, sí —coincidió Milhombres—. ¿Y habrá sido andando, volando, o...? Sea como sea, lo que importa es que ha vuelto a casa.

Cuando dijo «Felicidad», le cayó un trozo de cal en la cabeza.

—¿Lo ve, Madroño? Ha sido por decir «Felicidad».

En cuanto dijo de nuevo «Felicidad», le volvió a caer un trozo de cal en la cabeza.

—¿Lo ha visto?

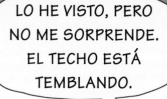

LO HE VISTO, PERO NO ME SORPRENDE. EL TECHO ESTÁ TEMBLANDO.

Si solo fuera eso... Poco después, oyeron el sonido de una música alegre cantada por una voz estridente, de mujer:

FELICIDAD, FELICIDAD, YO TE DARÉ, MI AMOR, FELICIDAD.

—¿Qué es eso? —preguntó Milhombres mirando hacia arriba—. Parece una feria.

—Alguien se ha mudado al piso de arriba y lo está celebrando —respondió Madroño, mirando también hacia arriba.

Milhombres se tapó
los oídos y dijo:

–¡CARAMBA!

Pensé que era un
terremoto, que
el mundo
se acababa.
¿Y qué cantan?

ALGO ASÍ COMO
«FÉLIX TIENE
MI EDAD».

—¿Qué dice? ¡Felicidad!
—exclamó Milhombres.
Le cayó otro pedazo
de cal, aún mayor,
en la cabeza.
—No diga eso,
profesor —le pidió
Madroño.

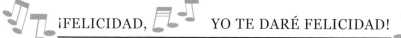
—¡USTED ME LO HA PREGUNTADO, HOMBRE! —dijo el profesor, mientras se sacudía el polvo blanco de la cabeza.

A su vez, *Obama*, en la caja, maullaba cada vez más alto para que se lo oyera en medio de aquel barullo.

—¿Qué hacemos con el gato? —preguntó Madroño.

MÉTALO EN EL ALMACÉN.
EL GATO ES EL CEBO PARA EL VAMPIRO
QUE TIENE QUE VENIR A BUSCARLO.
EL VIEJO PERESTRELO, AL QUE MI PADRE
PERSIGUIÓ Y NUNCA PUDO ATRAPAR.

–¿QUÉ?

No se oían debido a la música,
que seguía:

FELICIDAD, FELICIDAD,
YO TE DARÉ, MI AMOR,
FELICIDAD.

Bien visto, era lo que sentía Milhombres:

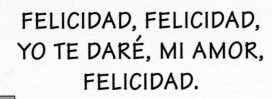

Aunque no pudiera decir la palabra, no se
le fuera a caer el techo encima.

¿Y CUÁNDO VENDRÁ
EL VAMPIRO A BUSCAR
AL GATO?

Era una buena pregunta.
Pero ¿cómo podían saberlo?

Por casualidad, en ese momento, llamaron a la puerta. ¿Sería él? Los dos hombres se quedaron quietos, pero la puerta se abrió, porque, con las prisas, se la habían dejado abierta.

Una sombra creció en la pared. Era solo una forma, redonda, voluminosa.

—¿El hipopótamo-vampiro? —murmuró Madroño horrorizado.

—¿Quién? —preguntó Milhombres, también asustado.

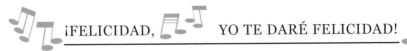
Se abrió la puerta y vieron que era una mujer, muy gorda y, además, entradita en años, a pesar de que lo intentaba disimular con mucho maquillaje.

BUENAS NOCHES, SOY LA NUEVA VECINA DE ARRIBA. VENGO A PRESENTARME: FELICIDAD MOREIRA, MÁS CONOCIDA POR FELICIDAD. SOY CANTANTE. ¿NO ME HAN OÍDO CANTAR NUNCA?

Ellos se encogieron de hombros, mirando al suelo: una manera avergonzada de decir que no.

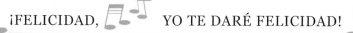

—¡Shhh! —exclamó ella—. ¿En qué planeta viven ustedes? Bueno, si nunca me han oído cantar, no se preocupen.

—¿Por qué? —preguntó Milhombres preocupado.

—Porque ahora me van a oír —aclaró ella—. Se ha acabado la tristeza en este edificio. A partir de ahora, solo alegría, felicidad.

Y, dicho eso, se puso a cantar:

FELICIDAD, FELICIDAD,
YO TE DARÉ, MI AMOR,
FELICIDAD.

Milhombres se encogió, tapándose los oídos, que le echaban humo. Incluso su padre, en el retrato, se encogió (al menos eso pareció).

—¿Lo ha visto, Madroño? —murmuró, abatido.

—No podía decir **GLORIA** y ahora no puedo decir...

—Profesor, ¿lo ha dicho?

—No lo he dicho... Ah sí, he dicho «Gloria».

¡VÁLGAME DIOS!

Apareció Gloria, la vecina de abajo, la que quería pintarlo (y cualquiera sabe qué más).

¿ME HA LLAMADO, PROFESOR?

Milhombres se tambaleó, aturdido. Tuvo que apoyarse en un mueble para no caerse. Dijo:

—Estoy cercado, con Gloria por abajo y Felicidad por arriba. Ayúdeme, Madroño, que ya no estoy para estos trotes. ¡Ay, Dios mío!

¡Qué «INGLORIA y qué INFELICIDAD»!

Entretanto, en la floristería, el perro *Psi* ladró dos veces.

> YA TE HE DICHO QUE NO TOMARÉ MÁS PASTILLAS. SI ACASO OTRO CHORICITO ASADO...

Ah, con solo hablar de ellos ya se le hacía la boca agua.

Salieron los tres del invernadero y atravesaron el jardín, con Alejo mirando hacia arriba, hacia el cielo, como si estuviera esperando la llegada de la estrella muerta.

> ¿QUÉ MALDICIÓN ES ESA?

104

Alejó se paró, pero no apartó la vista del cielo.

—Cada treinta millones de años hay un final —dijo él, y añadió tristemente—: Cuando es así, es porque es así.

—¿Qué final? ¿Qué final? —quiso saber Valentín.

—La última vez, hace treinta millones de años, un cometa negro vino en dirección a la Tierra y la alcanzó de lleno. Aún puede verse el agujero, en algún lugar de México. Todos los dinosaurios, que entonces dominaban la Tierra, desaparecieron. Fue un aire que les dio. O quizá la falta de aire, digo yo. Ahora, nos toca a nosotros.

Valentín miró al cielo, que Diana amaba tanto y que, al final, era una gran amenaza para ellos.

¿VIENE OTRO COMETA NEGRO O QUÉ?

El perro *Psi* ladró diciendo que «sí» y se puso a gruñir al cielo.

¡¡¡GRRRR!!!

—No se sabe con certeza, porque no lo podemos detectar —explicó Alejo—. Pero han llegado avisos del futuro. Sueños. Mucha gente ha comenzado a soñar con la destrucción de la Tierra, a predecir qué va a pasar. El fin, el fin, todos ven el fin. Y cuando es así....

—Es porque es así —completó Valentín.

Y era, así era.

—Es como si el futuro nos quisiera avisar de que se va a cumplir la maldición —dijo Alejo—. Hasta hay una canción.

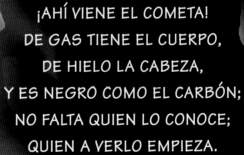

¡AHÍ VIENE EL COMETA!
DE GAS TIENE EL CUERPO,
DE HIELO LA CABEZA,
Y ES NEGRO COMO EL CARBÓN;
NO FALTA QUIEN LO CONOCE;
QUIEN A VERLO EMPIEZA.

—¿Es grande el cometa? —preguntó Valentín.

—Dicen que tiene el tamaño de diez campos de fútbol y viene a una velocidad de cuarenta mil kilómetros por hora.

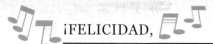

10 CAMPOS DE FÚTBOL 40 MIL KILÓMETROS POR HORA ¡CHHHHH!

Sí, ese cometa invisible puede ser nuestro final. Y cuando es así, es porque es así. Valentín se llevó las manos a la cabeza.

Solo pensaba en que el mundo iba a acabar y que no encontraría a Diana. Buscó su piedra en el bolsillo y la apretó con fuerza.

—¿Y la muchacha? ¿El Mundo de Allá? —preguntó.

Alejo puso un brazo sobre los hombros del muchacho y dijo:

—Ah sí, es verdad, vamos a ocuparnos de eso. Y pronto. Puede que el mundo se acabe, pero el amor no puede esperar.

Índice